Collana diretta da Orietta Fatucci



ISBN 978-88-7926-564-5

www.edizioniel.com

Stefano Bordiglioni

# Un attimo prima di dormire

Illustrazioni di Barbara Nascimbeni

Einaudi Ragazzi

*A Marco, Lara e Chicco*

# Un attimo prima di dormire

# Il magico sacco delle storie

Per il suo compleanno Stefano si aspettava dei bei regali: un libro, una palla, un'automobilina colorata, oppure una scatola di costruzioni.

In effetti i suoi genitori gli hanno regalato una scatola di costruzioni, i nonni una palla e lo zio Bruno una macchinina colorata. La zia Eliana, che di solito gli regalava un libro, gli ha fatto avere invece solo un piccolo sacco vuoto.

Stefano lo guarda deluso, senza capire: è un sacchetto marrone, piccolo e brutto.

– È un sacco magico, – gli dice la zia Eliana che si è accorta della sua delusione. – È piccolo fuori ma grande dentro. Puoi metterci tutto quello che vuoi riportare dal mondo delle storie.

– Il mondo delle storie?! – si stupisce Stefano.

– È un mondo speciale, – dice la zia. – Ci vai tutte le volte che leggi o che ti racconta-

no una bella storia. Con questo sacco, potrai riportare indietro tutto quello che vorrai.

Il bambino guarda il sacchetto marrone non troppo convinto. Poi chiede: – Posso metterci anche un castello?

– Anche un castello! – conferma la zia seria seria.

Stefano non riesce a credere a una sola parola di quella storia. Comunque, siccome è un bambino educato, ringrazia la zia Eliana e mette il magico contenitore marrone insieme agli altri regali.

Piú tardi, dopo aver spento le candeline, mangiato la torta, giocato con gli amici, festeggiato tutto quello che c'era da festeggiare e salutato gli ospiti, Stefano rimane solo. Allora prende un libro che gli ha regalato la zia Eliana l'anno prima, si siede comodamente in poltrona e si mette a leggere.

È una storia di pirati e di mare. È una storia cosí bella e avvincente che, ogni volta che la rilegge, il bambino ha la sensazione di essere sulla nave pirata.

Stavolta però sente addirittura la nave che dondola cullata dal mare, sente le grida dei gabbiani, gli arrivano gli schizzi delle onde sulla pelle.

Stefano non riesce a capire come succeda, poi però si accorge di avere in mano il sacco che gli ha regalato la zia. Che sia davvero magico?

Molto emozionato, il bambino si nasconde dietro a un barile pieno d'acqua per non essere visto da uno dei pirati, un tipaccio con una benda nera sull'occhio destro. Poi s'infila in un boccaporto aperto e si ritrova nella stiva della nave. Qui c'è una grande cassa piena di tesori. Senza pensarci troppo, Stefano apre il sacco e ci infila dentro la cassa.

Quando chiude il libro e si ritrova sulla sua poltrona, il bambino corre subito a guardare dentro il sacchetto e scopre che la cassa del tesoro è là. Il sacco delle storie della zia Eliana è davvero magico.

Il giorno successivo Stefano porta via da una storia di cavalieri e castelli un'armatura completa di spada e scudo. Il magico sacco, piccolo fuori ma grande dentro, è davvero

speciale: piú cose ci metti e piú ce ne stanno. C'è cosí tanto posto che il giorno dopo il bambino si porta via anche il castello. La zia aveva davvero ragione!

Nei giorni successivi molte altre cose finiscono dentro al magico sacco delle storie: una nave, un'aquila, un astronauta, un tramonto sulle montagne, un esercito romano, un elefante indiano, un faraone, la luna piena…

Ora Stefano è contento del regalo della zia: sa che ovunque andrà potrà sempre portare con sé, in un sacco piccolo fuori ma grande dentro, i personaggi e gli oggetti delle storie che ama di piú.

# Il salvagente di Faustino

Faustino l'ippopotamo aveva paura dell'acqua. Entrava nel fiume, ma solo fin dove toccava. Quando l'acqua gli arrivava alla bocca, cominciava a gridare: – Aiuto mamma, prendimi!

Mamma ippopotama arrivava di corsa e lo spingeva con il muso verso l'acqua bassa.

Poi lo sgridava: – Ma Faustino, perché non provi a nuotare invece di gridare? Tu sei un

ippopotamo, e tutti gli ippopotami sanno nuotare: basta provare!

– Io ho paura, mamma! – strillava Faustino, che non aveva nessuna voglia di fare esperimenti rischiosi. Anzi, quando si spaventava, per un po' non metteva neanche una zampa nel fiume.

Poi un giorno venne Olivia, una scimmia amica di mamma ippopotama, con una bella idea: costruí con liane e noci di cocco un salvagente, che regalò a Faustino.

– Con questo, – gli disse, – potrai andare anche dove l'acqua è alta, perché le noci di cocco ti terranno a galla.

Il piccolo ippopotamo indossò lo strano salvagente, un po' preoccupato: ma davvero quel coso gli avrebbe impedito di affondare? Poi si accorse che era proprio cosí: galleggiava benissimo. Tutto contento iniziò a zampettare nell'acqua alta seguendo sua madre. Mamma ippopotama lo guardava fiera e contenta. Faustino attraversò il fiume un paio di volte, remando con le zampe avanti e indietro. Mamma ippopotama dovette anche sgridarlo perché si stava avvicinando troppo alla riva dove riposavano i coccodrilli. Faustino incassò la sgridata senza prendersela troppo: il nuovo gioco gli piaceva cosí tanto che continuò a nuotare avanti e indietro per il fiume.

Si divertiva talmente che non si accorse che le liane del suo salvagente si allentavano. Le noci di cocco si staccarono una dopo l'altra e in poco tempo del suo salvagente non restò nulla.

– Guarda, mamma, come sono bravo! – gridò Faustino passando ancora una volta vicino a mamma ippopotama.

– Sei bravissimo! – gli gridò lei di rimando. – Ora sai nuotare anche senza salvagente.

Solo allora il piccolo ippopotamo si accorse che il suo salvagente non c'era piú.

Per un attimo ebbe paura, ma solo per un attimo. Poi riprese a battere l'acqua con le zampe e a nuotare nel fiume.

La paura dell'acqua alta era scomparsa e Faustino ora era felice.

# Spinaci

Alice guarda un programma di cartoni animati alla televisione. C'è Braccio di Ferro che lotta con un gigante. La bambina trema per Braccio di Ferro e si dispiace per lui, perché il gigante lo sta picchiando. Però è abbastanza tranquilla: sa che, prima o poi, il suo eroe tirerà fuori una scatola con dentro gli spinaci, li ingoierà e diventerà fortissimo: con un dito solleverà il suo avversario e lo spedirà sulla luna.

Infatti, proprio quando sembra che stia per essere sconfitto, compare nelle mani di Braccio di Ferro un barattolo di spinaci. L'eroe sta per mangiare la sua magica verdura quando il barattolo gli scivola di mano e rotola fuori dal televisore, proprio davanti ad Alice.

La bambina guarda sorpresa lo strano oggetto che è rotolato davanti ai suoi piedi: è buffo, coloratissimo, strano... Per niente spaventata, Alice raccoglie il barattolo-cartone e assaggia un po' di spinaci. Subito si sente fortissima: alza una poltrona con una mano e la mette sul tavolo; con un solo dito invece rovescia il grande divano del soggiorno.

Ora vorrebbe provare anche con la credenza, ma una voce soffocata la chiama dal televisore: – Bambina… gli spinaci… aiutami…

È Braccio di Ferro, che nel cartone animato sta per essere sconfitto. Alice gli lancia

subito il barattolo-cartone attraverso lo schermo: Braccio di Ferro ingoia gli spinaci e in quattro e quattr'otto il gigante cattivo vola sulla luna. La bambina batte le mani contenta.

Ma ecco che arriva la mamma: vede il divano rovesciato, la poltrona sul tavolo e grida sorpresa: – Alice, chi ha fatto tutta questa confusione?

– Io mamma, – risponde la bambina tutta orgogliosa, – ho mangiato gli «pinacci» di Braccio di Ferro!

– Gli spinaci di Braccio di Ferro?! – La mamma scuote il capo poco convinta. – Tu hai troppa fantasia, Alice!

Poi sbuffando rimette a posto la poltrona e il divano.

– Non so come hai fatto, bambina, a fare tutta questa confusione, ma non lo fare piú!

Alice promette e la mamma esce dalla stanza. Dallo schermo del televisore, Braccio di Ferro la saluta con la mano, ma lei non se ne accorge...

# Il mistero del trenino rosso

«Che gusto ci sarà a salire su un trenino cosí? Mi sembra un divertimento sciocco!» pensa il professor Pignone guardando indispettito la lunga fila di bambini e bambine che aspetta di fare un giro sulla Freccia Rossa, il trenino rosso del luna park.

In effetti il trenino fa un giro corto e sempre uguale: passa vicino a una vasca di cemento dove galleggiano delle barchette di plastica a forma di cigno; sfiora uno scivolo formato da due grandi giraffe di gomma gonfiate con l'aria; attraversa due montagne di cartapesta sulle quali sono appoggiate due nuvole, anche queste di cartapesta; infine gira dietro a una pista di mini-auto elettriche che funzionano a gettone e torna al punto di partenza.

«Perché piace tanto ai bambini? – pensa il professore innervosito. – Qui c'è sotto un mistero!» Cosí, siccome piú guarda il trenino che gira e meno capisce, il professor Pignone decide di fare un giro anche lui: scoprirà di persona il mistero del trenino rosso.

Compra un gettone e sale in uno dei vagoncini. Il sedile è strettino per lui, ma non appena il trenino fischia e si muove, si sente subito piú comodo.

Il treno fischia ancora e lui guarda fuori dal fine-

strino: il piccolo convoglio rosso viaggia vicino a un grande lago pieno di veri cigni che battono le ali come per salutarlo.

Alla fine del lago si apre una larga savana con tanta erba e qualche albero di acacia. Fra gli alberi si aggirano due imponenti giraffe. Il professore guarda stupito i due animali che mangiano tranquilli le foglie di acacia.

Poi la Freccia Rossa si arrampica su montagne altissime, fino a sfiorare il cielo. Al professore pare di sognare: le nuvole sono cosí vicine che gli sembra quasi di poterle toccare con un dito. Fra le pinete e le abetaie vede fuggire branchi di stambecchi spaventati dal fischio del treno.

Ai piedi delle montagne, un attimo prima della stazione d'arrivo, il trenino rosso passa accanto a una pista dove alcune macchine da corsa si stanno sfidando in una gara entusiasmante: c'è tanto pubblico che grida, il rumore dei motori è fortissimo.

Quando la Freccia Rossa si ferma, il professor Pignone scende. È elettrizzato, perché ora conosce il mistero del trenino. Sa perché i bambini fanno la fila per salirci sopra.

«E ora che cosa faccio? – si chiede indeciso. – Telefono a un giornale e racconto tutto?» Poi però alza le spalle e sorride. Non telefonerà a nessun giornale: comprerà un secondo gettone e farà un altro giro.

# Arriva il re

Quel giorno doveva arrivare in visita il re e Mariano il contadino, sua moglie Ilda e i loro figli erano molto agitati.

– Presto, presto, mettiamo tutto in ordine! – diceva Ilda ai suoi figli. – Il re non viene mica tutti i giorni. E tu Mariano lascia la porta spalancata, che non sta bene far bussare un re.

Mariano e sua moglie insegnarono ai loro bambini a fare un bell'inchino, poi si misero ad aspettare.

Alle dieci sentirono rumore di passi: qualcuno si avvicinava alla loro porta.

– Ora! – disse Mariano e tutti si inchinarono profondamente.

Quando però rialzarono la testa, il contadino e la sua famiglia sulla porta non videro il re, ma una capretta. Risero di gusto, perché una sorpresa cosí non se l'aspettavano. Poi Mariano diede una carota alla capretta e si rimisero ad aspettare.

Alle undici si sentirono nuovamente i passi di qualcuno che si avvicinava e di nuovo si inchinarono tutti insieme.

Ma neanche stavolta si trattava del re: era solo un somarello che cercava qualcosa da mangiare. Mariano e i suoi risero fino alle lacrime, perché fare un inchino al somarello era sembrata loro una cosa buffa. Quindi diedero una carota anche al somarello e lo mandarono via.

Verso mezzogiorno, quando per la terza volta si sentirono i passi di qualcuno che si avvicinava, Mariano non ebbe dubbi.

– Questo non può essere che il re! – disse, e giú un bell'inchino. Ilda e i suoi figli lo imitarono svelti svelti.

Ma anche stavolta si sbagliava: sulla porta infatti c'era un maialetto che li guardava incuriosito.

Il contadino e la sua famiglia risero fino a farsi venire il mal di pancia.

Poi diedero una carota all'animale e lo fecero uscire.

Verso l'una del pomeriggio Mariano e i suoi si erano stufati di aspettare il re e si erano messi a tavola a mangiare un piatto di pasta e fagioli.

Quando sentirono fuori dei passi che si avvicinavano, Mariano disse: – Che animale sarà stavolta? Un altro maiale? O un cervo? O magari un canguro?

E giú tutti a ridere di gusto, ma cosí di gusto che non si accorsero che sulla porta stavolta c'era proprio il re.

Questi li guardò senza capire: nessuno dei suoi sudditi si permetteva di ridere quando passava lui.

Per un attimo pensò di arrabbiarsi, poi venne da ridere anche a lui e lasciò stare.

– Bene, bene, – disse, – mi fa piacere che i miei sudditi siano contenti: ridere fa bene alla salute!

Poi si sedette a tavola con Mariano e con la sua famiglia e mangiò un piatto di pasta e fagioli anche lui.

# L'occhio del drago

Teo e Giò erano due passerotti che abitavano nella chioma di una grande quercia. Un bel mattino Giò si svegliò e capí subito che non era un giorno come gli altri: un grande occhio azzurro lo guardava attraverso le foglie!

Subito avvertí suo fratello, che dormiva beato nel nido.

– Teo, svegliati, presto! – gli sussurrò all'orecchio.

Teo si svegliò di soprassalto, per niente contento di quel brusco risveglio.

– Ehi, che succede? – disse un po' seccato. – Sembra quasi che tu abbia visto un drago!

Giò fece di sí con la testina. – È vero, potrebbe anche essere un drago. Guarda là, attraverso quelle foglie!

E indicò a Teo l'occhio misterioso.

– Hai ragione! – esclamò lui pigolando sottovoce, improvvisamente preoccupato. – È proprio un drago! Guarda che zanne!

Quando il vento agitava le foglie, infatti, sotto il grande occhio azzurro apparivano delle zanne piú grandi del becco di un'aquila.

– Che facciamo? Scappiamo? – chiese Giò, con un filo di voce, al fratello.

– Sí, voliamo via, ma piano piano, che il drago non se ne accorga... – rispose l'altro tremando. In quel momento il vento soffiò piú forte e il drago si mosse.

– Aiuto! – gridò Giò spaventato.

– Aiuto! – gridò Teo terrorizzato.

I due uccellini per la paura non riuscirono neppure a spiccare il volo.

Stavano per mettersi a piangere, quando sentirono delle voci provenire da terra.

– Insomma, Luca, mi vuoi dire dove è andato a finire? – chiese una voce di uomo.

– È lassú, babbo. Qui c'è il filo, lo vedi? – rispose la voce di un bambino. – È rimasto impigliato tra le foglie della quercia. Non l'ho fatto apposta.

I due uccellini, spaventati e insieme incuriositi, si sporsero oltre il bordo del nido e guardarono di sotto: c'erano un uomo e un bambino che armeggiavano con un lungo filo che si perdeva in mezzo ai rami del loro albero. Dall'alto, in silenzio, osservarono affascinati la scena.

L'uomo afferrò il filo che penzolava fra i rami e lo tirò con forza: un grande aquilone a forma di drago si fece largo fra i rami e scese leggero fino a terra.

Il bambino batté le mani contento.

– Il mio aquilone! Grazie, babbo!

I due uccellini si guardarono stupiti e si misero a ridere: tanta confusione per un semplice drago di carta colorata!

– Io l'avevo capito che era finto! – disse Giò gonfiando le penne del piccolo petto. – Non avevo mica paura sul serio…

– Anche io facevo finta di avere paura, – dichiarò a sua volta Teo. – Io non ho paura di niente, neanche della grande aquila!

Poi i due uccellini pigolarono una gran risata e volarono via felici in cerca di qualche chicco grasso.

# La rivolta delle sardine

Il banco delle sardine, mentre migrava verso nord, nell'oceano, arrivò davanti a una barriera corallina: sulle pareti c'erano coralli di tutti i colori, e alghe e spugne altrettanto colorate; pesci tropicali di tutte le forme e dimensioni nuotavano fra le rocce in cerca di cibo. In questa barriera però si apriva solo uno stretto passaggio e nel passaggio aspettavano immobili nell'acqua cinque grandi squali bianchi. Le sardine chiesero se potevano passare. Gli squali risposero che pote-

vano certamente, però c'era da pagare una tassa: la tassa della metà.

– La tassa della metà?! – chiesero le sardine meravigliate.

– La metà di tutte voi! – esclamarono gli squali sghignazzando.

Le sardine cercarono disperatamente di pagare la tassa in un altro modo, offrendo conchiglie, collane di corallo e ciuffetti di alghe colorate. Gli squali però furono inflessibili: volevano divorare metà delle sardine.

Allora i piccoli pesci si arrabbiarono a morte e decisero di combattere: si fecero prestare le spade da cento pesci-spada, i martelli da cinquanta pesci-martello, le spine da trenta pesci-istrice, le seghe da novanta pesci-sega e le balestre da cinquecento pesci-balestra.

Poi arruolarono diecimila cavallucci marini per avere la cavalleria, mille enormi gran-

chi come carri armati e duecento pesci volanti per avere l'aviazione da guerra.

Prima di attaccare gli squali l'esercito delle sardine si riforní di numerosi pesci-proiettile, di pesci-palla da sparare con il pesce-cannone e di migliaia di conchiglie da usare come scudi.

Richiamati dai preparativi della battaglia, si unirono alle sardine come volontari il pesce-Zorro, il pesce-Superman e il pesce-generale, ma solo se lo facevano comandare.

L'esercito era finalmente schierato e pronto: il pesce-angelo li benedí e il pesce-tromba suonò la carica.

Centomila sardine inferocite e armate fino alle branchie si scagliarono contro gli squali come una nuvola di temporale. I grossi predatori si sentirono tremare le pinne per la paura e rimasero di stucco quando furono investiti da migliaia di colpi, punture, graffi, morsi, becchi e altre piccole torture.

Quando arrivarono le sardine armate di spade, tagliarono addirittura mezza coda allo squalo piú grosso. I granchi, le truppe corazzate, si attaccarono alla pinna di un enorme pescecane che guaí per il dolore. I pesci volanti scaricarono dall'alto pezzi di corallo-fuoco sugli squali piú in superficie. Il pesce-Superman e il pesce-Zorro sistemarono insieme uno squalo lungo cinque metri. Il pesce-generale, ben dietro a tutti gli altri, dirigeva la battaglia.

Gli squali alla fine dovettero arrendersi e furono risparmiati solo perché promisero di diventare vegetariani. Però furono esiliati nell'Oceano Indiano.

## Chi ha preso l'anello d'oro?

In casa dei signori Bianchi c'è una terribile agitazione: la signora Bianchi non trova piú un anello d'oro con il brillante sopra. Mancano anche un orecchino d'argento e una spilla di madreperla dal cofanetto dei gioielli.

– Qualcuno prende le mie cose! – dice tutta preoccupata. – Forse un ladro entra in questa casa!

La situazione è davvero grave, e Michele e Gianni decidono di aiutare la mamma a scoprire il ladro e a recuperare i gioielli.

I due fratelli si procurano per prima cosa il necessario per le indagini: una lente, un cappello da Sherlock Holmes e una pipa spenta ciascuno.

Poi cominciano a esaminare attentamente le tracce lasciate dal ladro.

Sul tavolo dove sta il cofanetto dei gioielli, Michele trova la prima traccia: una minuscola penna nera. Gianni scopre una strana impronta sul davanzale della finestra. – Il ladro passa sicuramente di qui! – dice tutto eccitato.

Mentre i due piccoli investigatori ancora lavorano, si sente un rumore improvviso in soffitta.

– Che cosa può essere? – chiede Gianni.

– Non lo so davvero, – risponde Michele. – Andiamo a vedere, forse il ladro è ancora in casa!

– Sí, però diciamolo anche a mamma e papà, – propone prudente Gianni.

Cosí ora bambini e genitori salgono per una lunga scala di legno che scricchiola ed entrano silenziosi in soffitta: il papà ha in mano un bastone, la mamma una pentola e i due piccoli investigatori le loro pistole ad acqua.

La soffitta è piuttosto buia, c'è odore di cose antiche e di polvere. Ci sono scatole su

scatole, chiuse e aperte, vuote e piene. C'è un vecchio manichino proprio in mezzo alla stanza. La sua ombra ritta e vigile fa un po' paura a Michele. Su uno scaffale c'è una lunga fila di bottiglie. Una montagna di libri giace sul pavimento.

– Sono i miei libri di scuola di quando avevo la tua età, – sussurra il papà a Michele.

A un tratto, nello specchio di un vecchio armadio, Gianni vede un'ombra. Grida e la pipa spenta gli cade di bocca. Spara con la sua pistola ad acqua. Papà accorre, ma è solo l'immagine riflessa del bambino.

Tutto quel rumore però disturba un uccello che ha il suo nido proprio lí in soffitta, dietro il vecchio armadio. L'animale batte le ali rumorosamente e fugge.

Genitori e bambini riescono appena a vedere un mulinello di penne bianche e nere che infila l'abbaino aperto.

Con il cuore che batte forte per la sorpresa, Gianni e Michele corrono dietro all'ar-

madio. Sul pavimento c'è un mucchietto di erba e di rametti intrecciati: è un nido. Nel nido ci sono tre uova e... i gioielli della mamma!

– Mamma, ecco il tuo anello d'oro! – grida Michele.

– Ci sono anche l'orecchino d'argento e la tua spilla! – gli fa eco Gianni.

Il papà guarda le tre uova, sorride e dice: – È un nido di gazza. Quegli uccelli amano tutto ciò che luccica.

La mamma riprende le sue cose. I due bambini invece ritagliano finti gioielli dalla carta stagnola di una scatola di cioccolatini. Poi li portano in soffitta al simpatico uccello-ladro loro ospite.

# Da dove viene la rana?

Piero è un bambino molto vivace. Gli piacciono un sacco gli scherzi e oggi vuol proprio farne uno speciale. Prende una rana da uno stagno e la porta a scuola dentro la sua cartella. Poi la infila nella tasca della giacca rossa della maestra, appesa in corridoio.

La maestra, la signorina Preziosetti, è già in classe e non si accorge di nulla. Piero guarda la tasca che si muove e ride. Pensa: «Questa è davvero una bella sorpresa per la maestra!» e ride ancora. Poi entra in classe.

Andrea è in ritardo: quando arriva non c'è piú nessuno in corridoio. Si toglie il berretto e lo appende all'attaccapanni. Ma cosa succede? La giacca della maestra si muove da sola? Andrea è curioso.

«Voglio proprio vedere che cos'è!» pensa. Mette la mano nella tasca e tira fuori la rana di Piero.

– E tu da dove vieni? – le chiede meravigliato. L'animale naturalmente non rispon-

de, ma è spaventato e Andrea decide di tenerlo con sé fino alla fine della lezione.

– Piú tardi ti porto al fiume, – dice alla rana agitata.

Con la bestiola sotto la maglia, il bambino entra in classe e si siede al suo posto.

La signorina Preziosetti lo rimprovera.

– Andrea, perché arrivi cosí tardi? Devi essere piú puntuale!

– Mi spiace maestra. Non lo faccio piú! – dice il bambino con tono di voce sincero.

– Meglio cosí! Io non sopporto i disordinati e chi fa tardi a scuola, – conclude severa la maestra.

Poi dice a Lucia di leggere a pagina venticinque. La bambina legge, e tutti ascoltano in silenzio. Improvvisamente però si sente un «CRAA!» forte forte e una bella ranocchia verde compare in mezzo ai banchi. Andrea, imbarazzato, cerca subito di riprenderlo, ma l'animaletto salta via come un fulmine.

– Ahhh! Che cos'è quella? – grida spaventata la signorina Preziosetti. Poi si rifugia sulla cattedra.

Piero guarda meravigliato la sua rana, ma non dice nulla. Ora tutti i bambini gridano e danno la caccia alla povera bestia, ma senza successo. Poi, finalmente, Andrea la cattura. La maestra è scura come un temporale. – Bene, Andrea. Tu certo sai che nel mondo ogni cosa ha un suo posto…

Il bambino fa sí con la testa.

– … e questa classe non è certo il posto di quella rana! Quindi ora tu riporti subito quell'animale là dove l'hai preso!

– Ma signorina… – cerca di dire Andrea.

– Non voglio sentire nulla: fallo immediatamente o ti do una bella punizione!

Andrea non sa piú cosa dire: cosí scuote le spalle, esce e rimette la rana nella tasca della giacca rossa della maestra. Poi va in bagno a lavarsi le mani.

## L'uovo di Jacopo

Il Sabato Santo il papà regalò a Jacopo un bellissimo uovo di Pasqua, impacchettato con carta lucida rossa e fiocchettone giallo. Pesava almeno un chilo. Jacopo ululò per la gioia e si buttò sull'uovo come un falco affamato: lo scosse con forza e qualcosa da dentro rimbalzò contro le pareti di cioccolata. Poi cercò di aprirlo, ma il papà lo bloccò: – Eh no, Jacopo, non essere impaziente! Per romperlo dovrai aspettare fino a domani mattina!

– Ma io voglio vedere la sorpresa! – protestò il bambino.

Non ci fu però niente da fare: il papà non glielo lasciò aprire, anzi mise l'uovo nello sportello piú alto della credenza, perché il bambino resistesse meglio alle tentazioni.

Jacopo pensava deluso al pacchetto rosso con il fiocco giallo che lassú in alto, nella credenza, sembrava piú lontano della luna. Ma non si arrese.

Aspettò che la mamma e il papà uscissero per andare a fare compere e poi si mise al lavoro. Spostò una sedia vicino alla credenza, quindi, facendo attenzione, ci salí sopra e aprí lo sportello alto. Tirò l'uovo verso di sé, ma questo gli sfuggí di mano e cadde a terra, fracassandosi con un appetitoso rumore di cioccolata che va in pezzi.

Jacopo saltò giú dalla sedia spaventato: l'uovo giaceva ai suoi piedi ancora chiuso nella carta, ma non era piú un uovo, perché cadendo si era deformato. Jacopo tirò il fiocco giallo, aprí il pacco di carta rossa e si trovò davanti a una deliziosa montagna di scaglie di cioccolata al latte.

Fra i pezzi di cioccolata c'era una bambolina di plastica rosa: per un maschietto era un regalo orribile e Jacopo lo scansò con una smorfia di disgusto.

Poi guardò la cioccolata: poteva forse mangiarne un po'? Decise che poteva: ne prese un pezzo e la sgranocchiò con gusto. Era buonissima, anzi deliziosa! Ne pizzicò ancora un po' e poi ancora un po'...

Dopo una mezz'oretta dell'uovo di Pasqua restava solo la carta. Jacopo ci rimase malissimo. Non credeva di averne mangiato cosí tanto.

Solo allora pensò che la mamma e il papà non sarebbero stati affatto contenti se avessero scoperto che aveva disubbidito. Cosí cercò un rimedio: prese della carta di giornale e la appallottolò per ridare alla carta lucida la forma di un grosso uovo. Quindi ricompose alla meglio un fiocco con il nastro giallo e, aiutandosi con una sedia, tornò a sistemare l'uovo nello sportello alto della credenza.

Quando i suoi genitori tornarono non si accorsero di nulla, e Jacopo poté respirare di sollievo.

Il giorno successivo però, dopo aver pranzato, la mamma tirò giú dall'armadio il grande uovo. Nel momento in cui sciolse il fiocco e aprí la carta colorata, lei e il papà spalancarono gli occhi meravigliati.

Poi entrambi guardarono Jacopo con l'aria di chi si aspetta una spiegazione. Il bambino guardò i genitori negli occhi e poi disse: – Be', che c'è?! Perché mi guardate? È Pasqua no? Tutti sanno che nell'uovo di Pasqua c'è la sorpresa...

# La Corsa del Topo

Ogni anno, il primo giorno di primavera, i topini di Pratogrande si sfidavano alla famosa Corsa del Topo. Indossavano pantaloncini e magliette colorate, si calcavano sulla testa berretti con la visiera e si sistemavano uno accanto all'altro sotto lo striscione del «Via», sul viale dei Tigli.

Il topo piú anziano, che era l'arbitro della gara, faceva il conto alla rovescia e gridava:
– Tre, due, uno… TOPOOOOOOOO!

E tutti i concorrenti si mettevano a correre. Dovevano fare per tre volte il giro del prato. Vinceva chi tagliava per primo il traguardo. E per premio c'era sempre una montagna di formaggio, cosí profumato che l'odore si sentiva fino in paese!

Quell'anno, il piccolo Lucio Topastrino si era allenato poco. Aveva avuto un gran daffare a scuola e poi aveva anche aiutato il babbo a costruire un tavolo nuovo per la cucina. Senza contare che, qualche volta, aveva anche dato una mano alla mamma nelle faccende. Cosí, mentre gli altri topini si allenavano quasi ogni giorno, lui non aveva provato nemmeno una volta a fare i tre famosi giri della Corsa del Topo.

Per questo motivo quella mattina, quando si trovò al «Via», era preoccupato.

Era preoccupato anche perché non voleva fare brutta figura con Lia Topetta, una topina sua vicina di casa, che gli era molto simpatica.

«Farò una figuraccia tremenda, – pensava sconsolato, – e Lia Topetta si metterà a ridere!» Già si vedeva arrivare ultimo, con la lingua a penzoloni per la fatica!

Insomma, era cosí demoralizzato che, quando l'arbitro diede il via, aveva le zampe molli per l'agitazione e finí subito in fondo al gruppo dei concorrenti.

Per quanto si impegnasse, non riusciva a superare nessuno. Nemmeno il suo amico Sergio Topone, un topino grassottello e panciuto, che correva sgranocchiando un panino al gorgonzola!

Dopo il primo giro Lucio Topastrino era quasi ultimo. Dopo il secondo era proprio ultimo. Anzi, no: dietro di lui Lucio sentí che c'era un altro corridore, ancora piú lento di lui.

Rassegnato ormai a fare una figuraccia con Lia Topetta, si girò per vedere chi fosse l'altro ritardatario.

Sorpresa delle sorprese: era proprio lei, Lia Topetta, che andava perfino piú piano di lui ed era destinata a finire la gara per ultima. Lucio Topastrino la aspettò.

– Sei stanca? – le chiese quando lei lo raggiunse.

– Sí, – rispose la topolina, – preferisco giocare a nasconditopo che fare gare di corsa!

– Davvero? – chiese il topolino sorpreso. – Allora non ti dispiace se siamo ultimi?

– Scherzi? – disse lei. – Non m'importa proprio!

Quello fu per Lucio Topastrino un bellissimo primo giorno di primavera: arrivò ultimo nella Corsa del Topo, giocò tutto il pomeriggio a nasconditopo con Lia Topetta, e il suo amico Sergio Topone gli regalò un pezzo del formaggio piú buono che avesse mai assaggiato in vita sua.

# L'orsetto pittore

L'orsetto Gianni disegnava ogni cosa: fiori, sassi, alberi, foglie e fili d'erba. I suoi disegni erano cosí belli che gli animali venivano dai boschi piú lontani per ammirarli.

Una mattina Gianni si svegliò e pensò che era il momento di disegnare qualcosa di nuovo e di piú difficile. Piú difficile di qualunque sasso o filo d'erba che avesse mai messo sulla carta.

Prese il suo blocco di fogli e il suo astuccio di colori e salí in cima alla collina. Si sedette e aspettò. Arrivò mezzogiorno.

– Cosa fai lí? – gli chiese un'ape. – Non vieni a mangiare un po' di miele? È ora di pranzo!

– Non posso! – rispose l'orso. – Devo fare un disegno e aspetto il momento giusto!

L'ape ronzò via.

Si fece pomeriggio.
– Cosa fai lí? – gli domandò una farfalla. – Non vai a fare un giro al cespuglio delle more?
– Magari! – rispose l'orsetto. – Devo disegnare una cosa, ma non è ancora il momento giusto!
La farfalla volò via.
Si fece sera.
– Cosa fai lí? – gli chiese un gufo. – È notte ormai, non vai a dormire?
– Piú tardi, – rispose l'orsetto. – Prima devo disegnare una cosa!
Finalmente arrivò l'alba.
Il sole stava per sorgere e Gianni cominciò a colorare il suo foglio. Voleva disegnare il momento esatto in cui il sole si alza e colora di rosa e oro il cielo della notte.
Disegnava e colorava con grande rapidità, per non perdere l'attimo giusto.
Quando il disegno fu finito, l'orsetto lo guardò e storse il muso insoddisfatto: il suo rosa non era il rosa dell'alba, il suo oro non somigliava per niente all'oro dei primi raggi del sole e il suo blu era proprio diverso dal colore del cielo!
L'orsetto era triste e anche stanco.
In quel momento passò di lí l'ape e, con un sorriso, versò una spruzzata di polline d'oro sul disegno di Gianni.

– Oh, che colore meraviglioso! – esclamò l'orsetto pittore.

Poi passò la farfalla e sfiorò con le ali il disegno.

– Oh, che splendido rosa! – disse Gianni meravigliato.

Da un albero si alzò in volo il gufo e l'ombra delle sue ali, scure come la notte, si posò per un attimo sul disegno dell'orsetto.

– Oh, che fantastico blu! – disse tutto contento il piccolo pittore. Poi guardò l'alba disegnata sul foglio e sorrise.

Doveva preparare qualcosa di speciale per ringraziare i suoi amici: una torta alla frutta, di tanti colori, sarebbe andata benissimo!

# La forza del moscerino

Sara la formica e le sue sorelle tornavano a casa dopo una lunga giornata di lavoro.

Sara spingeva un chicco di grano, Mara una briciola di pane e Lara, la piú forte, una spiga d'orzo tutta intera.

Arrivarono all'entrata del formicaio, ma lí trovarono una sorpresa: l'ingresso era ostruito da una pietra grigia, enorme e liscia.

– Come facciamo adesso? – chiese Mara preoccupata.

Sara girò intorno al grande sasso per cercare un buchetto da cui entrare, ma fu tutto inutile: non c'era nemmeno un passaggio

piccolo piccolo! La pietra copriva perfettamente l'entrata.

– Proviamo a spingere! – propose Lara, che era una formica muscolosa.

– Sí, tutte insieme! – esclamò Sara.

Le tre sorelle si misero a spingere la pietra con tutte le loro forze, ma il sasso non si spostò nemmeno di un pochino cosí.

– Proviamo da questa parte! – propose Lara, girando intorno alla pietra.

Spinsero da destra, da sinistra, da dietro, da davanti, di lato, di traverso...

Ma la pietra liscia era troppo pesante e non si mosse di un millimetro. Le formiche erano sudate e stanche, mentre l'entrata della loro casa era sempre chiusa.

– Come faremo? – piagnucolò Mara. – È quasi buio!

In quel momento un ronzio leggero fece alzare la testa alle tre sorelle. Era un moscerino, che si fermò proprio in cima al sasso.

– Posso aiutarvi? – chiese.

– Non credo, – rispose Sara. – Se non riusciamo a spostare questo sasso noi tre robuste formiche, non vedo che cosa potrebbe fare un esserino deboluccio come te!

Il moscerino sorrise. – Be', per esempio, potrei dire alla chiocciola di svegliarsi e spostarsi da qui! – Poi si posò sul sasso liscio e chiamò ad alta voce: – Chiocciola! Chiocciola, svegliati! Stai dormendo sul formicaio delle mie amiche formiche!

A quelle parole, dal sasso (che non era un sasso) uscirono un lungo collo e un paio di occhietti ancora addormentati.

– Perdonatemi! – si scusò la chiocciola sbadigliando. – Non me n'ero accorta! Me ne vado subito!

Cosí dicendo, si mosse e con calma spostò il suo guscio e liberò l'ingresso del formicaio.

Sara, Mara e Lara ringraziarono il moscerino.

– Tornaci a trovare! – gli dissero in coro. – E anche tu, chiocciola! Ma la prossima volta mettiti a dormire un po' piú in là!

La chiocciola non le sentí nemmeno. Si era già riaddormentata.

# Pescerosso e il delfino

Pescerosso viveva nella fontana di una piazza, insieme a tre sirene di marmo e a un delfino di legno.

Nuotava tutto il giorno su e giú per la vasca, ma si annoiava: quanto gli sarebbe piaciuto viaggiare, vedere posti lontani!

Un giorno si avvicinò al lato della fontana in cui stava il delfino. Nuotava triste e svogliato.

– Che ti succede, pesciolino? Perché sei cosí triste? – gli chiese la statua di legno.

Non si erano mai parlati. Pescerosso non nuotava mai in quella parte della vasca: un palazzo copriva il sole e l'acqua lí era fredda.

– Ma tu parli? – si meravigliò Pescerosso.

– Solo quando mi va, – rispose il delfino di legno. – Noi statue non parliamo troppo.

– Giusto, – disse il pesciolino, – anche a noi pesci piace stare zitti. Molto giusto!

– Grazie, – sorrise il delfino. – E adesso, se ti va, dimmi che cosa ti rattrista. Forse ti posso aiutare…

Pescerosso sospirò. – Vorrei vedere posti nuovi, lontano da questa fontana e da questa piazza! Ma non c'è nessun fiume che mi porti via da qui. E non vedo che cosa puoi farci tu, che sei fatto di legno…

Il delfino sorrise. – Chiudi gli occhi! – disse. E Pescerosso ubbidí.

Allora la statua di legno raccontò di un posto dove la sabbia era d'oro e il mare cosí blu da far male agli occhi. Di isole verdi, di coralli luccicanti, di pesci argentati e di onde spumeggianti. Di navi alte come torri e di uccelli marini dalle grandi ali che sfidavano le tempeste. E ascoltandolo, il pesciolino poté

nuotare nell'oceano e sentire il canto del vento senza muoversi dalla sua fontana!

Poi il delfino tacque e Pescerosso aprí gli occhi. – Che bello! – disse. – Quando hai visto queste cose?

La statua di legno sospirò. – Tanti anni fa, quando viaggiavo sulla mia nave.

– Tu avevi una nave?! Com'è possibile? – chiese il pesciolino.

– Non era mia la nave, era del capitano Didú, un bravissimo marinaio che dava la caccia ai pirati. Io ero la polena della nave: stavo proprio sulla punta della prua e facevo strada a tutti.

– Che cos'è una polena? – chiese Pescerosso affascinato.

– La polena è una statua portafortuna, un

compagno. E io credo di essere stato un buon compagno per il capitano: l'ho seguito in capo al mondo, fino a quando la sua nave è diventata troppo vecchia per navigare ed è stata portata a terra.

Il pesciolino spalancò gli occhi stupito.

– A terra?! Hanno messo anche lei in una fontana?

Il delfino rise. – No, la nave è diventata un ristorante; si chiama «Al pirata». Il capitano Didú ora fa il cuoco.

– E tu perché sei qui?

– Perché il capitano sa che a me piace l'acqua e che non mi sarebbe piaciuto starne lontano. Cosí mi ha trovato un posto in questa fontana.

Il delfino a quel punto si addormentò, ma Pescerosso tornò a trovarlo spesso e il suo amico di legno gli raccontò di tutte le cose che aveva visto in giro per il mondo. Gli parlò della neve e delle montagne, ma anche dei deserti, delle foreste e dei vulcani.

E il piccolo pesce, nonostante fosse prigioniero della sua fontana, visitò cosí tanti posti che non avrebbe potuto vederli nemmeno se fosse stato un grande tonno o un salmone.

A volte, quando il delfino parlava dell'oceano, anche le sirene di marmo stavano a sentire.

# Una strana pioggia

La principessa Giorgia non amava stare chiusa nel suo castello, specie in primavera.

Perciò, nella bella stagione, ogni mattina andava da sua madre, la regina, e le chiedeva il permesso di fare un giro intorno a casa.

– Stai attenta ai pericoli e torna per pranzo! – le raccomandava la regina.

– Certo! – rispondeva Giorgia, che era una principessa obbediente.

Poi calzava scarpe da ginnastica sotto la lunga gonna di raso, si calcava sulla testa un berretto da baseball e usciva.

Quel giorno c'era il sole. Giorgia passeggiò nel bosco, poi si sentí stanca e si sedette a leggere vicino all'entrata di una grotta. Era a metà del suo libro, quando udí un rombo di tuono, cui seguí una pioggia fitta fitta.

La principessa si riparò il capo con il libro, ma la pioggia cessò quasi all'istante.

«Per fortuna il temporale è durato pochissimo, – pensò Giorgia, – altrimenti mi sarei infradiciata da capo a piedi!»

Poi guardò in terra e spalancò la bocca per la sorpresa. – Che strano! – disse la principessa. – Non è piovuta acqua, ma una pioggia di margherite!

Era una cosa strana davvero!

«Chissà da quali nuvole piovono margherite!» pensò Giorgia, alzando gli occhi al cielo. Ma il cielo era azzurro e non c'era nemmeno una nuvola.

Visto che la situazione sembrava di nuovo tranquilla, la principessina si rimise a leggere. Di lí a poco, però, rimbombò nell'aria un altro tuono e una nuova pioggia di fiori la investí.

– Curioso, – esclamò la bambina, – stavolta sono piovute violette del pensiero!

Il prato attorno a lei, infatti, ora era coperto di delicati fiori viola.

Quando, dopo poco, piovvero more di rovo, Giorgia si insospettí. Anche perché, a ben guardare, la strana pioggia non veniva dal cielo, ma dall'interno della grotta davanti alla quale si era seduta.

Decise di entrare, perché era molto curiosa. – C'è nessuno? – gridò.

– Certo che sí! – rispose un vocione. – Ma stai lontana, se non vuoi prenderti un raffreddore!

– Chi sei? – chiese Giorgia.

– Sono un drago, non vedi? – disse la voce. In quel momento la bambina riconobbe nella penombra la sagoma di un draghetto con cresta e coda.

– Sei tu che fai piovere? – gli chiese Giorgia, che era anche coraggiosa e non si lasciava impressionare facilmente.

– Sí, – piagnucolò lui. – Sono raffreddato e la mamma mi fa bere disgustose tisane di erbe e fiori. Dice che cosí mi passa piú in fretta! Ma i fiori della mamma mi fanno starnutire, e cosí spargo dappertutto margherite, rose canine e frutti di bosco. E il raffreddore ce l'ho sempre!

– Poverino, – disse Giorgia. – Ci penso io!

Fece un salto a casa, poi tornò con tutto il necessario: fece bere al draghetto una bella tazza di latte caldo con il miele e gli rigirò intorno al collo una sciarpona di lana.

In due giorni il piccolo drago guarí, e poté uscire nel bosco a giocare a guardie e ladri con la sua amica principessa.

# I nonnini

Vivevano in un alberghetto, sulla riva del mare Adriatico, due bambini, Nadia e Cristian. Con loro abitavano Arialdo e Angela, i loro nonni. I bambini vivevano raccogliendo conchiglie e costruendo castelli di sabbia.

Mentre loro lavoravano, i nonni li aspettavano giocando a carte sotto uno degli ombrelloni colorati che crescevano dappertutto sulla spiaggia. Però il lavoro andava male e non c'era abbastanza da mangiare per tutti. Cosí, una sera, i due bambini decisero che avrebbero abbandonato i nonni in spiaggia, dopo averli portati in mezzo a ombrelloni che non conoscevano.

Il giorno dopo, Nadia preparò per i nonni una merendina e poi, cammina cammina, i due fratelli li accompagnarono lontano, sempre piú lontano, fin quasi alla fine della spiaggia. Li fecero sedere sotto uno strano ombrellone verde con gli elefantini rosa e raccomandarono loro di fare i bravi, che piú

tardi sarebbero passati a riprenderli. I nonni, tranquilli, cominciarono la loro partitina a carte.

I due bambini si allontanarono piano piano, fingendo di cercare conchiglie, e tornarono di nascosto in albergo.

I poveri nonnini verso sera cominciarono ad avere freddo e ad essere spaventati.

– Ma dove saranno quei benedetti bambini? – si chiedeva nonna Angela.

– Mica si saranno dimenticati di noi? – piagnucolava nonno Arialdo.

Fecero qualche passo a destra, poi a sinistra, e si accorsero subito che non erano piú capaci di trovare la strada giusta per tornare a casa.

Nonno Arialdo cominciò a piangere disperato, e nonna Angela cercava di fargli coraggio e di consolarlo. – Non ti preoccupare! – disse. – Venendo in qua ho lasciato cadere sulla sabbia le patatine della nostra merenda. Basterà seguirle e saremo a casa.

Ma i granchietti erano usciti dai loro rifugi e avevano fatto piazza pulita di tutte le patatine. Ora anche nonna Angela era disperata. I due nonnini piangevano insieme, seduti su un moscone in riva al mare.

Un bagnino li vide e li accompagnò a Bagno Lido. Poi fece un annuncio con l'altoparlante: «Sono stati trovati due nonnini persi sulla spiaggia: si chiamano Arialdo e Angela, indossano lui un costumino verde e lei uno azzurro. I nipotini sono pregati di ritirarli presso Bagno Lido, grazie!»

Siccome nessuno si presentava, a un certo punto, quando ormai era quasi buio, il bagnino si stufò di chiamare con l'altoparlante. I due poveri nonni, stanchi di stare lí, decisero di cercare da soli di tornare al loro albergo. Cosí, mentre il bagnino non guardava, uscirono di nascosto da Bagno Lido.

Soli e infreddoliti, Arialdo e Angela camminarono in mezzo agli ombrelloni chiusi senza sapere dove andare.

Improvvisamente venne fuori dal mare una piovra gigantesca, che li catturò con i suoi lunghi tentacoli e cominciò a tirarli verso l'acqua per mangiarseli. I due poveretti urlavano di paura e cercavano di resistere, ma la piovra era assai piú forte di loro.

Quando ormai erano quasi con i piedi nell'acqua, dal buio comparvero, uscendo dalla foresta degli ombrelloni chiusi, Nadia e Cristian: i nipotini si erano pentiti della cattiva azione commessa, ed erano corsi a cercare i nonni.

I due bambini si scagliarono senza paura sulla piovra e la presero a calci nei tentacoli. La piovra, un po' sorpresa e un po' spaventata, mollò le sue prede e fuggí nell'acqua profonda.

Nadia e Cristian si scusarono con i nonni e li abbracciarono. Poi diedero loro la mano e li riaccompagnarono al loro alberghetto sulla spiaggia.

# Il viaggio di Valentina

Quando si sentí cresciuta abbastanza, Valentina la chiocciola andò da sua madre e le disse: – Mamma, io parto! Voglio vedere il mondo. Un giorno tornerò!

La madre pianse ma non tentò di trattenerla. Le raccomandò soltanto di andare piano e di essere molto prudente: aveva sentito dire che, lontano da lí, c'erano mostri che, se ti catturavano, ti bollivano e ti divoravano. Valentina rise delle assurde paure di sua madre e prese ad allontanarsi piano piano dentro al cespuglio in cui era nata. Com'era grande il mondo e com'era bello! E quanto verde! Verde tutt'intorno e anche sopra di lei: una foresta bellissima!

A sera si fermò a riposare sul ramo di un grande albero e dormí saporitamente nel suo guscio. La mattina aveva fame, e si cibò di foglie ed erbe. Poi prese a piovere: una meraviglia! Gocce grosse cadevano sulla foresta lavando le foglie e riempiendola di fru-

scii, di odori nuovi, di vapori umidi. Valentina la chiocciola amava la pioggia e cosí, invece di ripararsi, allungò il capo per godere della fresca carezza dell'acqua piovana. Stava per rimettersi in viaggio, quando udí un frastuono spaventoso e vide davanti a sé le piante della foresta improvvisamente piegate da qualcosa di enorme.

Cercò di gridare, terrorizzata, ma non un suono le uscí dalla bocca quando la mano enorme di un bambino la sollevò e la depositò in una scatola da scarpe: una prigione che una volta richiusa si rivelò assolutamente buia.

«La mamma aveva ragione: i mostri esistono davvero! Sarò divorata!» pensò Valentina, e si mise a piangere. Sentiva che la sua prigione subiva scosse e sussulti: il mostro la stava trasportando sicuramente da qualche parte per mangiarla con comodo. La chiocciolina si mise a cercare una via d'uscita, ma quell'orribile posto non aveva finestre, e le pareti erano lisce e compatte. Si arrampicò comunque fino al soffitto della sua prigione e, fra una scossa e l'altra, riuscí a percorrerlo tutto senza cadere. Non trovò però alcuna via d'uscita. Stava quasi per disperare, quando uno scossone assai piú forte degli altri la staccò dal soffitto e la fece rotolare come una palla da bowling. Poi rivide improvvisamente la luce, e sentí sotto di sé l'erba e la terra. Era di nuovo libera! Quando smise di rotolare si ritrovò al sicuro, nascosta sotto le foglie e i rami della foresta che aveva attraversato. Sentiva che il mostro muoveva le piante: forse la stava ancora cercando, ma lei non si sarebbe piú fatta sorprendere. Si fece piccola piccola e si nascose dentro al suo guscio.

Il bambino, che era inciampato in una radice, aveva perso nei cespugli la scatola e la chiocciola. Cercò un po', poi si stancò e se ne andò.

Solo allora Valentina, con il cuore che le batteva ancora per l'emozione, tornò a mettere la testa fuori. «Che faccio ora? – si chiese girando intorno le antenne indecisa. – Torno dalla mamma o continuo il mio viaggio?»

Un bruco gentile, che aveva visto tutta la scena, le rivolse allora la parola: – Il coraggio, piccola, è quello ci vuole! Per affrontare il mondo serve un cuore coraggioso!

La giovane chiocciola pensò che il bruco aveva proprio ragione: guardò preoccupata nel suo piccolo cuore, e con sua grande meraviglia lo trovò foderato di un robusto strato di coraggio. Felice e determinata, ringraziò il bruco e con prudenza riprese il suo lungo viaggio di chiocciola ormai grande.

# Il naso-rubinetto

Il geometra Bianchi ha il raffreddore e il naso gli cola, plic plic, come un rubinetto che perde. È una cosa fastidiosissima e il pover'uomo deve soffiarselo in continuazione. Ha consumato già una montagna di fazzoletti e il suo naso-rubinetto ancora perde. A forza di strisciare nei fazzoletti è diventato anche rosso, grosso e gli fa male.

Il povero signor Bianchi si lamenta e soffia, soffia e si lamenta.

– Accidenti al naso, – dice sconsolato. – Vorrei proprio non averlo!

– Facilissimo! – gli fa eco una vocina.

Il geometra fa un salto sulla sedia e si guarda attorno spaventato, ma non vede nessuno.

– Sono qui, sul tuo tavolo da lavoro! – dice ancora la vocina.

Il geometra Bianchi guarda con attenzione fra le sue carte e i suoi disegni, e si accorge che la sua gomma per cancellare è dritta in piedi. L'oggettino ha messo insieme una bocca e un paio di buffi occhietti neri, e lo guarda divertita.

– Se non vuoi piú il naso, basta cancellarlo! – dice la gomma, e ride.

Il geometra guarda stupito la sua gomma che parla. «Forse sto sognando...» pensa esterrefatto.

– Su, prova, che cosa ti costa? – continua la gomma parlante. – Forse hai paura, geometra?

– Io non ho paura di niente! – esclama il signor Bianchi piccato. Poi prende la gomma e se la strofina sul naso.

Subito si sente meglio. Anzi, si sente benissimo: il naso non cola piú e non gli fa piú male.

– Ehi, ha funzionato! – grida il geometra tutto contento. Poi però gli viene un dubbio e prende uno specchio.

– Ah!!! – grida disperato guardandosi. Infatti il naso è scomparso: sulla sua faccia, al suo posto, c'è solo pelle liscia liscia.

– Gomma, scherzavo, ridammi il mio naso! – implora il signor Bianchi.

Ma la gomma ora è sdraiata sul tavolo, non ha piú occhi e bocca e non parla piú.

– Fa sempre cosí... – dice un'altra vocetta. È la matita stavolta che ha parlato.

Il geometra Bianchi sgrana gli occhi meravigliato. – Tu parli?!

La matita ora è in piedi e ha aperto un bel paio di occhietti blu. – Certo che parlo: se parla la gomma, perché dovrei star zitta io?

Al povero geometra gira la testa: a forza di sentire e vedere stranezze comincia a trovarle quasi ragionevoli.

– Comunque, caro geometra, se rivuoi il tuo naso, non devi fare altro che disegnartene un altro. E io ti posso aiutare...

Il signor Bianchi non se lo fa dire due volte: si disegna un bel naso nuovo, con la matita parlante, proprio al centro della faccia.

Subito il naso nuovo comincia a colare e il geometra a starnutire.

– Evviva, ho di nuovo un naso! – grida contento.

Adesso il raffreddore non gli dà piú fastidio. Anzi, gli fa piacere.

Il signor Bianchi ringrazia la matita gentile e le chiede in che modo può sdebitarsi con lei.

– Non mi fare troppa punta quando mi temperi, che poi mi si spezza.

Detto questo, la matita chiude gli occhi e torna a dormire sul tavolo da lavoro del geometra.

Il geometra Bianchi guarda allo specchio il suo naso nuovo e se lo soffia tutto soddisfatto.

# Topi, denti e fate

Luca si svegliò in piena notte e vide un omino che passeggiava sulla sua scrivania: era piccolo piccolo, aveva la barba bianca e un gran berrettone verde.

– Ehi, e tu chi sei? – chiese stupito alla curiosa figuretta.

L'omino barbuto si fermò.

– Tu mi vedi?! – chiese imbarazzato.

– Certo che ti vedo! – gli rispose il bambino.

L'omino scosse la testa. – Be', bambino, sei davvero fortunato: sappi che io sono un folletto, e che chi vede un folletto ha il diritto di esprimere un desiderio.

Luca si fermò un attimo a riflettere. – Un desiderio?! Non saprei... Insomma, mi sono appena svegliato...

Proprio in quel momento, dalla finestra aperta entrò un topo. Corse svelto fino alla scrivania, rovesciò un bicchiere, afferrò qualcosa, lasciò cadere qualcos'altro e scappò via. Luca era rimasto senza parole, mentre il folletto pareva non aver visto nulla.

– Allora, questo desiderio? – chiese l'omino impaziente.

Il bambino si riprese. – Ecco, vorrei sapere chi era quel topo e che cosa faceva qui...

Il folletto rise. – Facilissimo: quello era il topo dei denti da latte. Guarda, ha preso il dente che ti è caduto ieri e ti ha lasciato una monetina!

Luca vide la moneta e restò a bocca aperta: aveva sempre creduto che fosse la mamma a mettere il soldino sotto il bicchiere.

– Signor folletto, mi fa vedere dove va, per favore? – chiese di getto.

L'omino annuí. – Certo, caro mio, salta nel mio cappello!

Il cappello del folletto era minuscolo, ma Luca non ci pensò su troppo: saltò dentro al berretto che ingrandí a vista d'occhio. Anche l'omino salí a bordo. Poi fece un gesto magico e il cappello si mise a volare.

«È la prima volta che volo dentro a un berretto!» pensò il bambino emozionato. Seguirono il topo per città e campagne. Quindi l'animaletto si arrampicò su una montagna ed entrò in un palazzo tutto rosa.

– Chi abita lí dentro? – chiese Luca.

– Le fate dei denti da latte, – rispose il folletto. – Loro prendono i dentini che il topo porta e li trasformano in semi.

Luca spalancò la bocca sorpreso. – In semi? E come fanno?

L'omino indicò la porta del palazzo.

– Guarda…

Le fate uscirono una dietro l'altra e si misero a danzare in cerchio. Erano leggere e sorridenti: lanciavano in aria i denti da latte dei bambini. Quando questi ricadevano, non erano piú denti: erano semi.

– Ma com'è possibile? – chiese Luca stupito.

– Mah! Chi lo sa? Sono fate… – rispose il folletto. – Ora li pianteranno e quei semi diventeranno alberi e fiori! – aggiunse poi tutto allegro.

Quando la danza delle fate fu terminata,

una di loro si avvicinò al topo e gli diede una monetina. Il topo ripartí di corsa verso un altro dentino caduto.

Il folletto allora riportò Luca a casa e il bambino andò difilato a letto. Dormí come un sasso, perché era stanchissimo. La mattina dopo, quando si svegliò, pensò di aver sognato tutto: il folletto, il topo, le fate…

Ma sulla sua scrivania, sotto il bicchiere, c'era ancora la monetina del topo.

# Il ciondolo

Enrico il castoro aveva una passione per la fotografia e suo nonno, un giorno, gli regalò una macchina fotografica.

– Posso andare in giro a fare foto, mamma? – chiese subito il piccolo castoro.

Lei gli rispose: – Certo, ma senza allontanarti troppo! Prima però devi studiare un po' e aiutarci a costruire la nuova diga!

Il piccolo castoro fece i compiti e aiutò i suoi nei lavori sul fiume, poi si preparò a fare la sua prima passeggiata da castoro-fotografo.

– Mi raccomando, – disse la mamma, – ricordati di non uscire mai dal canneto!

Enrico la rassicurò, però notò che la mamma era un po' triste. – Cos'hai, mamma? – le chiese preoccupato.

– Non trovo piú il mio ciondolo! – rispose lei. – Il ciondolo rosso a forma di cuore che mi hai regalato per il compleanno. Ho guardato dappertutto, ma devo averlo perso!

– È un vero peccato! – ammise Enrico dispiaciuto. – Comunque non ti preoccupare, mamma. Ora vado, perché fra poco sarà troppo buio per poter scattare foto, ma quando torno ti aiuterò a cercarlo. Vedrai che lo troveremo!

Il piccolo castoro prese con sé la macchina fotografica e uscí. Fece foto per tutto il pomeriggio, senza staccare l'occhio dall'obiettivo e divertendosi un sacco. Il suo canneto era molto diverso da come se lo ricordava, visto da dietro il mirino della macchina fotografica.

Si accorse di piccoli particolari, di cose mai notate prima: strane foglie, insoliti boccioli, insetti microscopici.

Tornò a casa tutto contento.

– Ti sei divertito? – chiese la mamma.

– Moltissimo! – disse Enrico. – E tu, hai trovato il ciondolo?

La mamma scosse la testa. – Penso che dovrò rassegnarmi a non averlo piú! Mi dispiace perché era un tuo regalo!

– Non importa, mammina, – disse Enrico. – Ti regalerò qualcos'altro.

La mamma lo abbracciò forte.

Il piccolo castoro attese l'ora di cena cercando il ciondolo per tutta la casa. Voleva fare una sorpresa alla mamma, ma niente! Non era da nessuna parte e bisognava rassegnarsi.

Il giorno dopo si mise d'impegno a sviluppare le fotografie. Avrebbe regalato la piú bella alla sua mamma, per sostituire il cuoricino perduto.

Enrico era molto soddisfatto: le foto erano magnifiche. Non sembravano le immagini del suo solito canneto! Tutto appariva nuovo e diverso, anche il vecchio cespuglio dietro la diga, i ciuffi d'erba sotto l'acqua, la casa di fango del ranocchio Piero.

«E questo bel fiore rosso fra le canne cos'è? – si chiese Enrico, prendendo in mano una fotografia. – Non l'avevo mai notato prima! Che sia spuntato ieri?»

Guardò con piú attenzione.

«Ehi, ma questo non è un fiore! È un ciondolo a forma di cuore! Ecco dove l'ha perso la mamma!»

Enrico la chiamò e le mostrò la foto: subito andarono insieme nel canneto dietro casa a recuperare il cuoricino rosso.

La mamma gli fece tanti complimenti.

– Bravo, Enrico! – disse. – E adesso vado a preparare una bella torta per festeggiare il fotografo piú bravo del mondo!

– Il piú bravo e anche il piú fortunato! – rise il piccolo castoro.

# Veronica e il sole

Veronica sapeva suonare. L'aveva sempre saputo fare: forse era nata cosí. Capiva la musica e la sentiva in ogni cosa: sentiva la musica del mare, quella della montagna e quella del vento. Capiva però anche la musica del macinino del caffè, quella dell'asciugacapelli e quella del «tu-tuuu» del telefono libero. Il mondo per lei era come un grande concerto.

Quando usciva di casa aveva sempre in tasca un flautino di legno. Se le capitava di parlare con qualcuno e di non riuscire a spiegarsi con le parole, tirava fuori lo strumentino e intonava una melodia: come per magia, tutto diventava piú chiaro per chi l'ascoltava. Quando vedeva qualcuno litigare, la bambina soffiava nel suo flauto e subito gli animi si calmavano. Se incontrava qualcuno che era triste, Veronica suonava e il groppo della tristezza si scioglieva.

Ora accadde che un giorno vide un bambino seduto sul marciapiede con l'aria triste, ma cosí triste che non seppe resistere alla tentazione di strappargli un sorriso.

– Che ti è successo? – gli chiese gentilmente avvicinandosi a lui.

– La mamma non mi vuole piú bene, – rispose il piccolo con l'aria rassegnata. – È nato un fratellino e ora lei guarda solo lui, gioca solo con lui, vuol bene solo a lui...

Veronica capí che si trattava solo di un pizzico di gelosia. Tuttavia la tristezza del bambino era sincera e grande.

Cosí la bambina tirò fuori il suo flauto e intonò un motivetto sottile come un filo di fumo, ma allegro come una giornata di sole. La canzoncina si infilò tra le pieghe della tristezza del bambino e la sciolse come neve al sole: il piccolo cominciò a sorridere e a battere le mani. Non si ricordava neppure piú perché prima era triste e cominciò a ballare.

Veronica continuava a suonare, e i passanti cominciarono a fermarsi e a ballare con il bambino. Dopo un po' iniziarono a fermarsi le macchine e la strada si trasformò in un carnevale: gente che ballava qui, gente che saltellava là. Un avvocato che aveva un'importante causa in tribunale ballava la mazurca con una barista che aveva lasciato un cappuccino a metà; un meccanico tutto unto ballava il rock con una vigilessa che aveva

perso fischietto e blocchetto delle multe; un ragioniere, in piedi su una panchina, sbriciolava fogli e fogli di conti per fare coriandoli. Tutti si fermavano a sentire Veronica. Tutti si fermavano a ballare. Tutti, proprio tutti: anche il sole. Infatti alle sette di sera il sole era ancora alto nel cielo, e ascoltava il flautino di Veronica.

A un tratto la bambina si accorse che si era fatto tardi, anzi tardissimo, e cosí mise in tasca il flauto e corse verso casa come una lepre inseguita da una volpe.

Il carnevale si bloccò come una macchina a cui si sia fermato il motore: i ballerini, per un attimo, si guardarono attorno smarriti, quasi non capissero perché erano lí. Solo un attimo però, perché l'attimo dopo il sole, non piú trattenuto dalla musica di Veronica, si abbassò sull'orizzonte e sopraggiunsero le ombre della sera.

L'avvocato si mise a cercare la sua cartella assieme alla vigilessa che cercava il fischietto, la barista tornò ai suoi cappuccini e il meccanico andò a casa a lavarsi finalmente le mani.

Il ragioniere invece si era sdraiato sulla panchina e dormiva. Nel sonno risentiva in sogno le note del piccolo flauto e sorrideva felice.

# La cicala e le formiche

La cicala suonava la chitarra e cantava benissimo. Seduta comodamente sul suo ramo, suonava e cantava canzoncine allegre. Le formiche invece lavoravano duramente: dovevano mettere via, nel loro formicaio, provviste sufficienti a passare l'inverno.

Per fortuna c'era la cicala che cantava: le formiche ascoltavano le sue canzoni e il lavoro sembrava loro piú leggero.

Poi arrivarono l'inverno e il freddo. Le for-

miche si chiusero al calduccio nella loro tana, mentre la povera cicala sull'albero batteva i denti.

Cosí scese dal suo albero ormai senza foglie e, con la chitarra in mano, andò a bussare alla porta del formicaio.

Le aprí una formica guardiana, che subito la riconobbe. – Uh, signora cicala, che sorpresa: come sta?

– Ve... veramente ho freddo... – balbettò la povera cicala battendo i denti.

La formica guardiana si batté una zampetta sulla fronte. – Uh, che sbadata! Mi scusi, signora cicala: entri pure, qui da noi fa caldo.

– Non vorrei disturbare... – sussurrò la cicala imbarazzata.

– Lei non disturba mai, signora cicala. Venga con me, che avviso le mie sorelle del suo arrivo, – disse la formica guardiana, e accompagnò l'animaletto infreddolito in una grande cavità piú in basso.

Quando videro la cicala, le altre formiche le fecero una grande festa e le chiesero subito di suonare e cantare per loro.

– Lasciatela un po' in pace: non vedete che è stanca e affamata? – le rimproverò la formica regina. – Date subito qualcosa da mangiare alla nostra amica!

Le formiche operaie prepararono subito un banchetto in onore della cicala, e la poverina mangiò tutta contenta insieme alle sue amiche.

Quando si fu riposata e rifocillata, prese la sua chitarra e cantò per le formiche una canzone cosí piena di sole e di primavera, che il loro formicaio ora sembrava piú caldo e piú luminoso.

Le formiche gentili furono cosí contente di avere la cicala con loro, che le prepararono una stanzetta nel formicaio e le chiesero di passare l'inverno insieme.

La cicala accettò con gratitudine e tutti i giorni tenne un concerto per le sue amiche formiche.

# Il sogno di Gianna

Gianna, la piccola renna, non si sarebbe persa per niente al mondo la visita di Babbo Natale. Sarebbe passato di lí prima di Natale per aggiustare la sua slitta, perché il legno della Foresta delle Renne era famoso in tutto il mondo.

Gianna voleva assolutamente vederlo.

– Magari potessi accompagnarlo a portare i doni in giro per il mondo! – diceva sospirando.

Suo cugino la rimproverò con un sorriso.

– Eh sí, stai a vedere che Babbo Natale ha bisogno di una renna piccola come te!

Anche le amiche la prendevano in giro.

– Tu sogni, Gianna! Driiiiinnn! È ora di svegliarsi!

Ma Gianna non si lasciava smontare: e se Babbo Natale avesse avuto bisogno di una renna piccola e veloce? E se avesse deciso di arruolare proprio lei tra le sue famose renne da slitta?

Cosí, quella sera, Gianna aspettava insieme al resto del branco.

Le renne scrutarono il cielo per un pezzo, ma di Babbo Natale neanche l'ombra. Passarono le ore, e alcune renne si diedero per vinte e andarono a letto.

– Che sia uno scherzo delle Volpi Argentate? – si chiese la renna capo-branco. – L'anno scorso ci hanno fatto credere che sarebbe passata di qui la Befana, e poi non era vero!

Gianna non l'ascoltò neppure: era sicura che Babbo Natale sarebbe passato e che le

Volpi Argentate, stavolta, non c'entravano per niente.

Passarono altre due ore senza che si vedesse traccia di Babbo Natale. Una alla volta, deluse e seccate con le Volpi, le renne andarono a dormire. Solo Gianna restò al suo posto a scrutare il cielo.

L'alba stava già per pennellare tutto di rosa, quando alla piccola renna parve di scorgere un puntino lontano. Strinse gli occhi per vedere meglio: il puntino si avvicinava e sembrava proprio... anzi sí, era davvero lui, Babbo Natale! Il grande vecchio, con l'abito rosso e la barba bianca, parcheggiò la sua slitta e scese leggero davanti a lei con un sorriso.

Gianna era al settimo cielo! Il suo sguardo cadde sulle renne della slitta: grandi, forti, con corna enormi. Capí subito che il suo sogno non poteva avverarsi. Non c'era bisogno, in quella slitta, di una piccolina come lei per distribuire i doni la notte di Natale!

Ma Gianna era contenta lo stesso: che sorpresa fantastica poter vedere Babbo Natale!

– Mi hai aspettato per tutta la notte? – le chiese lui, dandole un buffetto sulla testa.

Gianna fece cenno di sí. Era cosí emozionata che non riusciva a parlare.

– Ho tardato perché la slitta rotta è lenta come una lumaca! – spiegò Babbo Natale. – Se non avessi visto te, da lassú, non avrei proprio saputo dove atterrare. Non vengo spesso nella vostra Foresta: qui non ci sono bambini cui portare doni!

– Sono felice di esserti stata utile! – riuscí a sussurrare Gianna tutta emozionata.

– Meriti un premio, piccola renna. Verrai a distribuire i regali con me nella notte di Natale. Ho proprio bisogno di una piccola renna veloce che preceda la slitta, facendo tintinnare i campanellini d'argento!

Gianna non credeva alle sue orecchie.

– Davvero?

– Certo, – disse Babbo Natale. – Ti passo a prendere il ventiquattro dicembre.

Gianna si diede un pizzicotto perché credeva di sognare, poi sorrise e si mise a far capriole sulla neve.

# Il naso di Pirro

Pirro l'elefantino andò a passeggiare nel bosco. Là trovò un bel cespuglio di fragole e ne mangiò molte. Anzi, ne mangiò troppe. Infatti la proboscide gli diventò rossa come un pomodoro maturo.

Quando mamma elefantona lo vide, gli disse: – Pirro, hai il naso rosso! Anzi, troppo rosso! Devi aver mangiato qualcosa che non ti ha fatto bene. Ora ti preparerò una bella limonata e ti passerà tutto.

La brava elefantessa preparò una bella limonata con molti limoni, anzi, con troppi limoni, e l'elefantino la bevve.

Subito la sua proboscide cambiò colore e diventò gialla, anzi piú gialla di un canarino giallo. La mamma guardò Pirro e scosse la testa. – Neanche cosí va bene, figlio mio: ora il tuo naso è giallo. Anzi, troppo giallo! Ti preparerò un bel passato di verdura, che quello fa sempre bene...

Cosí mise in una pentola degli spinaci, dei cavoletti verdi, dell'insalata e dei fagiolini. Fece bollire ben bene, preparò il passato, lo condí con olio d'olive verdi e lo serví al suo piccolo.

Pirro lo mangiò volentieri, perché il passato di verdura gli era sempre piaciuto molto. Infatti, non aveva ancora vuotato il piatto, che la sua proboscide non era piú gialla.

La mamma stava per dire che era molto contenta, quando il naso dell'elefantino si tinse di verde.

– Pirro, ora sei verde. Anzi, sei troppo verde! Forse ti ho dato troppa verdura. Cosí verde non mi piaci per niente: bisogna rimediare assolutamente!

– Dammi un po' di cioccolata, mamma, – disse il piccolo tutto allegro. – A me piace la cioccolata!

La mamma di Pirro pensò che un po' di

cioccolata non aveva mai fatto male a nessuno e cosí gliene diede molta. Anzi, gliene diede troppa. Infatti la proboscide di Pirro cambiò colore e diventò marrone.

– Non ci siamo, – disse la mamma scontenta, – quello non è ancora il colore giusto. Il tuo naso adesso è cosí marrone. Anzi, è troppo marrone! Ora ci penso io…

Mentre Pirro finiva di vuotare il barattolo della cioccolata, la sua mamma gli preparò una bella macedonia di meloni, arance e carote. Ne fece molta. Anzi, ne fece troppa.

Infatti, quando gliela diede, la proboscide dell'elefantino cambiò colore e diventò arancione.

La mamma scosse la testa scontenta.

– Neanche questo è il colore giusto. Sei arancione. Anzi, sei troppo arancione! Ora proveremo a rimediare.

– Posso avere dell'altra cioccolata? – chiese Pirro speranzoso.

La mamma gli rispose di no, però gli preparò un enorme gelato alla panna. Il piccolo elefante lo mangiò tutto, ma il gelato era davvero tanto, anzi, forse troppo.

Infatti la proboscide gli diventò cosí bianca che sembrava coperta di neve.

– Pirro mio, anche questo colore non va per niente bene: hai il naso bianco. Anzi, troppo bianco! Qui ci vuole qualcosa…

La brava elefantona si mise subito al lavoro. Preparò un bello sformato di melanzane. Ce ne mise molte. Anzi, forse ce ne mise troppe.

Infatti, dopo che l'elefantino l'ebbe mangiato, la sua proboscide diventò viola, anzi, troppo viola.

A Pirro le melanzane non piacevano, e aveva mangiato lo sformato solo perché era un elefantino obbediente. Si guardò allo specchio e, nel vedersi il naso viola come una melanzana matura, si mise a piangere.

– Non fare cosí figlio mio, ora ci penso io, – disse la mamma.

La brava elefantessa prese della ricotta e del carbone di zucchero sbriciolato, preparò una bella salsetta grigia e con quella riempí un vassoio di cannoli. Poi li diede a Pirro.

L'elefantino mangiò tutto di gusto, perché i cannoli con la ricotta e lo zucchero gli erano sempre piaciuti moltissimo.

E stavolta erano molti, ma non erano troppi. Infatti il suo naso tornò bello grigio.

– Cosí va bene, figlio mio! – disse la mamma elefantona e lo abbracciò contenta.

# Festa nella foresta

Sei serpentelli avevano preso l'abitudine di spaventare gli animali che scendevano al fiume a bere. Non erano serpenti velenosi e cattivi, erano solo un po' scemetti e si divertivano a far paura agli altri animali. Si mettevano maschere tremende e spaventavano le gazzelle, facevano «Bu!» alle zebre e scherzi sciocchi un po' a tutti.

Questa storia andava avanti già da parecchio e gli animali della foresta ne erano stufi.

Un facocero ebbe allora un'idea. – Andia-

mo dal saggio gorilla di montagna, lui saprà certamente che cosa fare.

Tutti la trovarono un'ottima idea e si misero in cerca del gorilla.

Questi se ne stava tranquillo, seduto sotto un albero a masticare foglie. Ascoltò con attenzione i suoi amici animali e poi sentenziò:
– La musica. La musica farà diventare piú buoni i serpentelli. Lasciate fare a me!

Il gorilla di montagna abbandonò la tranquillità del suo albero, prese un vecchio pentolone e si diresse verso il fiume.

– Che musica vorrà suonare con un pentolone? – chiese stupita la giraffa.

– Andiamo a vedere! – disse lo gnu, e tutti gli animali della foresta corsero dietro al gorilla. Questi catturò i sei serpentelli dispettosi e li legò di traverso sulla bocca del pentolone, uno vicino all'altro, come se fossero le corde di una buffa chitarra.

Poi si mise a suonare quello strano strumento, pizzicando i serpentelli e facendo loro il solletico. I sei piccoli rettili cominciarono a ridere tutti insieme, e sulla musica delle loro risatine il gorilla si mise a cantare:

*Oggi qui nella foresta*
*siam felici e siam contenti*
*tutti noi facciamo festa*
*mentre suonano i serpenti...*

I sei serpentelli dispettosi soffrivano molto il solletico e ridevano e squittivano come matti. – Basta, ih ih ih! Basta, uh uh uh! – dicevano fra una risatina e l'altra. – Saremo buoni, ih ih ih! Saremo buoni, uh uh uh! – strillavano sghignazzando.

Prima gli animali della foresta guardarono un po' la strana scena, poi lo struzzo si mise a ballare e tutti quanti gli andarono dietro: ballavano il leone con la gazzella, il coccodrillo e la zebra, il tucano con la iena…

Insomma, ballavano tutti con tutti.

Alla fine il gorilla di montagna liberò i sei serpentelli dispettosi, che avevano le lacrime agli occhi per il gran ridere: avevano imparato la lezione e non avrebbero piú fatto scherzi agli altri animali.

Poi la grossa scimmia rovesciò il pentolone: era stato una chitarra e cosí invece poteva funzionare benissimo da tamburo. Il gorilla ricominciò a suonare e a cantare, e la festa riprese.

# Il camioncino di cioccolata

Il signor Arturo era un pasticciere davvero bravo: sapeva fare torte alla cioccolata con i riccioli di panna, e torte alla panna con riccioli di cioccolata; preparava certe torte alla frutta che dicevano «Mangiami, mangiami!» solo a guardarle; sapeva cucinare delizie al mascarpone e leccornie alla crema.

Però non era solo un bravo pasticciere, era anche un bravissimo meccanico. Con un cacciavite e una chiave inglese era in grado di riparare qualsiasi auto, camion o motorino. Se si metteva dietro a un motore guasto, quello alla fine funzionava cosí bene che pareva quasi cantare.

Il signor Arturo era cosí innamorato di questi suoi due lavori, che non avrebbe saputo dire quale dei due gli piaceva di piú.

Un giorno, mentre riparava in officina il camioncino della sua pasticceria, gli venne un'idea: avrebbe costruito un camioncino di cioccolata. Gli sembrò subito un'idea meravigliosa. Secondo lui, infatti, non ci poteva essere un camioncino piú adatto per portare in giro ai clienti le torte che preparava.

Si procurò una bella montagna di cioccolata e si mise subito di buona lena.

Fece le ruote di cioccolata fondente e liquirizia, perché tenessero bene la strada. Poi, sempre con la cioccolata fondente, che era la piú resistente, costruí la cabina e il cassone del camioncino. Invece fece i sedili con la cioccolata al latte, perché era piú morbida di quella fondente. Il cruscotto lo scolpí in cioccolata con granelli di nocciola e tirò della cioccolata bianca in lunghe strisce per ricavarne le cinture di sicurezza. Da ultimo inserí nel cruscotto un delizioso volante di gianduia. Poi chiamò i suoi tre bambini per mostrare loro quella meraviglia.

– Uh! – disse Mirco stupito.

– Oh! – esclamò Giada sorpresa.

– E… eh?! – balbettò Sandro incredulo davanti al camioncino di cioccolata.

Poi tutti e tre i bambini vollero salire a bordo, e il signor Arturo li lasciò fare.

– Allacciate le cinture di sicurezza che andiamo a fare un giro! – disse tutto contento mettendosi al volante.

– Quali cinture? – chiese Mirco guardandosi intorno.

Il signor Arturo si voltò e vide che le cinture di sicurezza erano sparite. Vide anche che la bocca dei suoi bambini era sporca di cioccolata bianca.

Scosse la testa e scese dal camioncino per preparare altre quattro cinture. Ci mise solo un attimo, ma quando si rimise al volante, il volante non c'era piú. E non c'era piú neanche il sedile dietro. In compenso, i suoi tre bambini ora avevano la bocca sporca di cioccolata al gianduia e di cioccolata al latte.

Il signor Arturo si innervosí un po'.

– Ma, bambini, non riusciremo mai a fare un giretto con questo camioncino se voi continuate a mangiarlo!

– Hai ragione, babbo, però non riusciamo a resistere: è cosí buono! – gli rispose Giada un po' dispiaciuta. Poi diede un bel morso al cruscotto con i granelli di nocciola.

Il signor Arturo subito pensò di sgridare i bambini e di metterli in punizione. Poi però ci ripensò: forse aveva sbagliato lui a costruire un camioncino di cioccolata, forse era meglio lasciarlo ai bambini e pensare a qualcos'altro.

Cosí, pensa che ti ripensa, alla fine mise il motore e quattro ruote a una grande torta che aveva appena preparato, e se ne andò al lavoro comodamente seduto in mezzo a una nuvola di panna.

# Le barchette di carta

Marco vuole fare una barchetta di carta. Prende un foglio da un vecchio giornale e lo stende sul tavolino della sua cameretta, poi lo piega a metà, come gli ha insegnato il nonno. Ora lo piega ancora, poi apre una punta del foglietto verso destra e un'altra verso sinistra. Piega ancora e strappa una striscia di carta. Infine tira una linguetta che esce dalle pieghe, e rovescia il tutto.

Come per magia, la figura che sta costruendo si apre davanti ai suoi occhi. Solo che non è una barchetta: è un camioncino. Marco guarda stupito il camioncino di carta: lui era sicuro di fare una barchetta, deve avere sbagliato qualcosa.

Cosí appoggia il camioncino di carta sul pavimento della sua cameretta, prende un altro foglio di giornale e ricomincia: piega a metà, piega ancora, una punta di qua, un'altra di là, strappa un po' di carta, tira la linguetta, rovescia e oplà, ecco fatta la barchetta!

No, non è una barchetta: è una gru, di quelle alte, di ferro, che aiutano i muratori a costruire le case.

«Accidenti, ho sbagliato un'altra volta!» pensa il bambino dispiaciuto.

Marco però non si lascia abbattere tanto facilmente dagli insuccessi.

Mette la gru sul pavimento, prende un altro foglio e ricomincia da capo: piega piega, strappa strappa, piega, rovescia e tira, in pochi minuti il foglio di giornale si trasforma in un bellissimo aeroplano di carta.

Il bambino guarda l'aeroplano un po' stupito e un po' arrabbiato. «Ho sbagliato ancora?!» pensa.

Poi, siccome è un tipetto caparbio e non si arrende cosí facilmente, mette anche l'aeroplano sul pavimento della sua cameretta e ricomincia con un nuovo foglio di giornale.

Dopo un'ora, sul tavolino davanti a lui non c'è neppure una barchetta di carta.

«Accidenti, non so fare proprio niente!» pensa Marco sconsolato.

Poi però si guarda attorno e vede che, sparse sul pavimento della sua stanzetta, ci sono un sacco di altre figure di carta: un camioncino, una gru, un aeroplano, un treno, una bicicletta, una slitta, un palazzo, un razzo, una sedia, uno spazzaneve, un autobus,

un lampadario, un cavallino a dondolo e un orologio. Marco li guarda stupito, perché sono davvero molto belli: forse non è vero che non sa fare niente.

Prende in mano il camioncino di carta e lo osserva attentamente: è perfetto.

«Ehi, sono stato davvero bravo!» pensa tutto soddisfatto.

Cosí si siede sul pavimento e comincia a giocare con i suoi nuovi giocattoli di carta.

E le barchette allora?

Quelle le farà il nonno quando torna.

## Sfilata di moda

Mariolino il bruco non si piaceva, cosí strisciava sulle foglie, cercando di non farsi vedere dagli altri animaletti del prato.

Si trovava basso, grasso e molliccio. Avrebbe voluto avere le zampe lunghe come le cavallette, invece strisciava sulla pancia.

Avrebbe voluto avere le ali come le cimici, invece, se si staccava dalle foglie che mangiava, rotolava in maniera buffa e cadeva in mezzo all'erba con un «plof».

Avrebbe voluto correre come le lucertole, invece era piú lento delle lumache.

Avrebbe voluto avere almeno i colori delle coccinelle, perché neanche il suo colore gli piaceva: era verde co-

me una mela acerba, come una foglia di cavolo…

Per la tristezza passava tutto il suo tempo da solo, a ingozzarsi di foglie, spiando da lontano la vita degli altri insetti del prato.

C'erano cose che gli piacevano moltissimo. Ad esempio la sfilata di moda che le farfalle preparavano a ogni primavera: quando il sole tornava ad essere caldo e le giornate piú lunghe, quegli insetti straordinari presentavano agli altri animaletti del prato la loro nuova collezione di ali colorate.

C'erano farfalle con le ali color dell'oro, altre con le ali bianche come la neve, altre con ali azzurre screziate di giallo e altre ancora con ali macchiate di mille colori. C'era tutto l'arcobaleno sulle ali di quegli insetti meravigliosi, capaci di volare sui fiori leggeri e agili come ballerine dell'aria.

Mariolino il bruco le guardava da lontano sospirando triste: lui non sarebbe mai stato cosí elegante come loro. E neppure cosí leggero.

Lui sarebbe rimasto per tutta la vita un bruco ciccione, lento e molliccio.

Invece un bel giorno Mariolino cominciò a sentirsi strano. Era sazio e aveva freddo: non riusciva piú a mangiare foglie, l'unica cosa che voleva fare era coprirsi in qualche modo. Cosí si aggrappò forte forte a un rametto e cominciò a filarsi addosso un filo lungo e sottile di seta.

Il filo di seta gli usciva dalla bocca cosí, spontaneamente. Non sapeva neppure lui come questo potesse succedere, però gli sembrava una cosa del tutto naturale, come se l'avesse già fatta mille volte.

Si tesseva attorno quel filo magico con un'abilità che non credeva di avere. In poco tempo si ritrovò chiuso in un caldo bozzolo e gli venne un gran sonno.

Mariolino il bruco dormí e sognò. Sognò di diventare una farfalla, di aprire un paio di ali colorate come l'arcobaleno e di volare sul prato come aveva sempre desiderato fare.

Il piccolo bruco dormí per un inverno intero, e quando il sole tornò a scaldare la terra si svegliò. Scoprí che adesso aveva caldo e che voleva uscire dal bozzolo.

Cosí tagliò la seta che aveva filato e uscí all'aperto.

Si sentiva strano, molto strano. Si specchiò in una goccia di rugiada e non si riconobbe: ora il suo corpo era piú piccolo e scuro; aveva zampe lunghe e sottili e, meraviglia delle meraviglie, sulla sua schiena si stava aprendo un paio di fantastiche ali colorate.

Mariolino il bruco era diventato una farfalla!

Stupito e felice, distese bene le sue ali nuove al sole perché si asciugassero. Poi spiccò il volo e si andò a posare su un fiore.

Quando era un piccolo bruco non l'avrebbe mai creduto possibile, ma quella primavera anche lui avrebbe partecipato alla sfilata di moda delle farfalle.

# Il canto delle sirene

Adelmo viveva in una capanna che si era costruito sulla spiaggia, e faceva il pescatore. Tutte le mattine metteva in mare la sua rete e catturava pesci.

Non cosí tanti, solo quelli che gli servivano per vivere.

Di questo il mare gli era grato e, per ricompensarlo, ogni mattina gli regalava uno spettacolo diverso: una volta erano i delfini che ballavano sul pelo dell'acqua, un'altra invece erano i pesci volanti che spiccavano il volo da un'onda all'altra.

Ora accadde che una notte, mentre riposava tranquillo nella sua capanna, Adelmo sentisse una strana voce, un canto che veniva dal mare.

Restò un po' ad ascoltare in silenzio quel canto misterioso e meraviglioso insieme. Poi uscí sulla spiaggia per scoprire a chi appartenesse quella voce. Scrutò nel buio, ma non vide nessuno. Il canto misterioso a un tratto s'interruppe e Adelmo ritornò nella sua capanna.

«Chissà chi cantava? Che fosse una sirena? Chissà se tornerà anche domani notte?» si chiese Adelmo, mentre tornava a stendersi sul suo letto. Poi si riaddormentò.

La notte successiva la voce lo svegliò di nuovo: era un canto bello ma triste, e Adelmo corse subito fuori dalla sua capanna per scoprire il mistero di quel canto notturno.

Si sforzò di guardare verso il buio del mare notturno, ma la luna non c'era e non poté vedere nulla.

«Dalla spiaggia non riuscirò mai a vedere la sirena», pensò Adelmo dispiaciuto.

Cosí ragionò a lungo e infine trovò una soluzione al suo problema: la notte successiva, invece di dormire nella sua capanna, aspettò la sirena a bordo della sua barca ancorata davanti alla spiaggia.

Quando il canto misterioso colorò il silenzio della notte, Adelmo si mise ai remi della sua barchetta.

La voce della sirena era vicinissima e il pescatore era sicuro che stavolta sarebbe riuscito a vederla. Infatti, dopo pochi colpi di remo, apparve nell'acqua un profilo, una figura lunga e massiccia.

«Come sono grandi le sirene!» si stupí Adelmo.

Quando però fu piú vicino, scoprí che a cantare non era una sirena, ma una balena.

– Grazie per essere accorso ai miei richiami, Adelmo, – disse il grande mammifero marino appena lo vide. – Il mare mi ha detto che sei un amico e che mi puoi aiutare.

– In che modo posso aiutarti, balena? – chiese Adelmo, niente affatto meravigliato del fatto che la balena parlasse: tanti anni passati sul mare gli avevano insegnato che pesci, uccelli e mammiferi marini erano assai piú intelligenti di quanto pensassero gli uomini.

– La plastica, i sacchetti di plastica… – disse la balena con un sospiro triste.

Poi raccontò al pescatore che i sacchetti di

plastica che gli uomini gettavano in mare uccidevano gli animali marini: i delfini, le tartarughe, gli squali, le balene... Se gli uomini non avessero fatto qualcosa, in pochi anni il mare non sarebbe stato altro che un grande deserto d'acqua.

Adelmo promise che l'avrebbe aiutata, salutò la balena e tornò a riva. Quando spuntò il sole, invece che prendere la barca e andare a gettare le reti, andò in città da un suo amico giornalista.

Gli raccontò la storia della balena triste e gli chiese di parlarne sul suo giornale. Il giornalista scrisse un articolo molto bello, che fece pensare gli uomini della città. Cosí fu emanata una legge che proibiva che la pla-

stica fosse gettata in mare, e fu costruita una fabbrica per riciclarla.

Adelmo tornò soddisfatto alla sua capanna e alle sue reti di pescatore. Spesso, di notte, torna ancora la sua amica balena a cantargli una ninna nanna.

# Indice

# Un attimo prima di dormire

# Einaudi Ragazzi

Storie e rime

## Pubblicazioni piú recenti

350 Sabina Colloredo, *Isadora Duncan*
351 Sebastiano Ruiz Mignone, *Sherloco e il mistero del maiale scomparso*
352 Stefano Bordiglioni, *Storie col motore*
353 Alexandra Moss, *I diari della Royal Ballet School - La nuova arrivata*
354 *Mille anni di storie per ridere*, a cura di Anne Jonas
355 Gareth P. Jones, *Agenzia investigativa* Il Drago - *Il caso del professore ribelle*
356 Sabina Colloredo, *Storie vere di animali*
357 Jack London, *Zanna Bianca*
358 L. Gandini / R. Piumini, *Mille fiabe d'Italia*
359 Lauren Brooke, *Heartland - La strada per la libertà*
360 Ingo Siegner, *Nocedicocco e la strega del maltempo*
361 Francesca Longo, *In vacanza col nonno*
362 Lia Celi, *Anita Garibaldi*
363 Alexandra Moss, *I diari della Royal Ballet School - Questioni di cuore*
364 Roberto Piumini, *Si narra che i pirati*
365 Martin Waddell, *Storie di demoni e fantasmi*
366 Neal Layton, *La Scuola dei mammut - Si va in vacanza!*
367 Michel Piquemal, *Fiabe mitologiche di eroi e di mostri*
368 Margaret Mayo, *L'unicorno e altri animali magici*
369 Lauren Brooke, *Heartland - Un rischio da correre*
370 Ingo Siegner, *Nocedicocco fa il giro del mondo*
371 Anna Lavatelli, *Rompibot*
372 Nicoletta Costa, *Allumé - Storie di un cavallo*
373 Chiara Carminati, *Diario in corsa*
374 *Storie per ragazze*, a cura di Fiona Waters
375 Stefano Bordiglioni, *Altre dodici fatiche per Ercole*

376 Erminia Dell'Oro, *La Grotta degli occhi dipinti*
377 Pete Johnson, *Come addestrare i genitori*
378 Stefano Bordiglioni, *Diario di Giulio - TOP SECRET*
379 Sebastiano Ruiz Mignone, *Sherloco e il mistero della mucca rapita*
380 Beatrice Masini, *La spada e il cuore - Donne della Bibbia*
381 Lauren Brooke, *Heartland - Nelle mani del destino*
382 Sebastiano Ruiz Mignone, *Il circo di Pelú*
383 Gianni Rodari, *Atalanta*
384 Ingo Siegner, *Nocedicocco e la nave pirata*
385 Roberto Barbero, *Dieci orchi in vacanza*
386 Stefano Bordiglioni, *Il giro del mondo in 28 e-mail*
387 *Mille anni di storie incantate*, a cura di Francesca Lazzarato
388 *Storie classiche - Fiabe, miti, racconti popolari*
389 Vivian Lamarque, *La bambina bella e il bambino bullo e altri bambini e bambine*
390 Roberto Piumini, *La valle dei mulini*
391 Roberto Piumini, *Belle da raccontare*
392 Stefano Bordiglioni, *Lontano dagli occhi, lontano dal cuore*
393 Gianni Rodari, *Venti storie piú una*
394 Beatrice Masini, *Amici per sempre*
395 Rudyard Kipling, *Il libro della giungla*
396 *Mille anni di storie di animali*
397 Jules Verne, *Il giro del mondo in ottanta giorni*
398 Stefano Bordiglioni, *Storie sotto il letto per dormire... quasi tranquilli*
399 *Mille anni di storie divertenti*, a cura di Francesca Lazzarato
400 Ingo Siegner, *Nocedicocco nel castello dei fantasmi*
401 Lauren Brooke, *Heartland - Quando parla il cuore*
402 Robert Louis Stevenson, *L'isola del tesoro*
403 Ingo Siegner, *Nocedicocco e il tesoro nella giungla*
404 Michael Morpurgo, *Storie sotto i baffi - Favole di Esopo*
405 Tony Bradman, *Storie di eroi*
406 Anna Lavatelli, *Il sasso sul cuore*
407 Francesca Longo, *Nonni, si parte!*
408 Jules Verne, *Viaggio al centro della terra*
409 Stefano Bordiglioni, *Quattro giovani Aztechi*

410 Emanuela Nava, *Cari nonni, cara Na*
411 Francesca Ruggiu Traversi, *Tommy Scuro e il segreto di Villa Brivido*
412 Lauren Brooke, *Heartland - Il tempo di ricominciare*
413 Roberto Piumini, *Molte lettere per Sei*
414 Beatrice Masini, *Io e gli invisibili*
415 Stefano Bordiglioni, *Storie prima della storia*
416 Ingo Siegner, *Nocedicocco e il vampiro*
417 Roberto Piumini, *A cavallo fra i castelli*
418 Luca Cognolato, *Basket League - Due sotto canestro*
419 *Tante storie per ragazze*, a cura di Fiona Waters
420 Andrea Salvatici, *Jacob, il bambino di creta*
421 Nicoletta Costa, *Evviva l'alfabeto!*
422 Erminia Dell'Oro, *La scimmietta Gratta Gratta e altre storielle*
423 Ingo Siegner, *Nocedicocco e il mistero della Mummia*
424 Beatrice Masini, *Storie dopo le storie*
425 Roberto Piumini, *Alice nel paese delle meraviglie*
426 Stefano Bordiglioni, *Niccolò e i folletti dispettosi*
427 Roberto Piumini, *Diario di primavera*
428 Roberto Piumini, *Il Coro Arlecchino - Il canto di Micaela*
429 Roberto Piumini, *Il Coro Arlecchino - La voce di Sasha*
430 Gionata Bernasconi, *Bettina tacchina e la danza del pavone*
431 Lauren Brooke, *Heartland - Passi importanti*

*Finito di stampare per conto delle* Edizioni EL
*presso LEGO S.p.A., Vicenza*

| Ristampa | | | | Anno | | |
|---|---|---|---|---|---|---|
| 3 | 4 | 5 | 6 | 2011 | 2012 | 2013 |